KB132245

이미, 서로 알고 있었던 것처럼

윤희상 시집

문학동네시인선 057 윤희상

이미, 서로 알고 있었던 것처럼

시인의 말

1980년 광주에서 내가 고등학생일 때 계엄군이 나의 시를 검열했다. 나는 한 편의 시로 사람이 죽을 수도 있겠다고 생각했다. 지금은 나의 시를 내가 검열한다. 길에서 시를 쓴다. 죽으면 시궁창의 개뼈다귀다. 언제나 가출한 날의 첫날이다.

2014년 서울에서
윤희상

차례

2부

1부

어떤 물음

가끔 찾아가는 돈가스집 주인은
지난해까지 서점 주인이었다
그래서 책표지를 잘 싼다

내가 가방에서 두 권의 책을 꺼내
돈가스집 주인에게
책표지를 싸달라고 했다

한 권은 불교 법요집이고
한 권은 기독교 성경 해설집이다

돈가스집 주인은
책표지를 싸다가
나에게 낮은 목소리로 물었다

"죽어서 어디로 갈라고 그러요?"

아이폰

몸이고, 마음이다
그만큼 나는 부풀었다

뒤척거린다 배가 고프다 맛집의 이름을 알고 있다
뒤척거린다 보고 싶다 만나고, 헤어진 얼굴을 알고 있다
뒤척거린다 불편하다 잘못한 것을 알고 있다

그런 마음은 어디에 있느냐
머리 안에 있느냐
가슴 안에 있느냐
배 안에 있느냐

괜찮다 이제 안에 있어도 괜찮고
밖에 있어도 괜찮다

이미, 너는 나다

다 기록하고
다 느끼고
다 기억했다

불현듯 고장이다 나는 아프냐 아프다

말의 감옥

혀끝으로 총의 방아쇠를 당겨 혀를 쏘았다
쏟아지는 것은 말이 아니라, 피였다
오늘은 아무 말도 하지 않았다

입안에서 자라는 말을 베어 물었다
그렇더라도,
생각은 말로 했다

저것은 나무
저것은 슬픔
저것은 장미
저것은 이별
저것은 난초

끝내는 말로부터 달아날 수 없었다
눈을 감아도 마찬가지였다
이럴 줄 알았으면,
말을 가지고 실컷 떠들고 놀 것을 그랬다

꽃을 만들고
그림을 그리고
향을 피울 것을 그랬다

온종일 말 밖으로 한 걸음도 나서지 못했다

아무도 몰래, 불어가는 바람 속에
말을 섞을 것을 그랬다

버드나무로부터의 편지

이른 아침부터 언덕을 거닐며 안으로부터
울컥 차오르는 마음을 읽고 있다
그리움이거나
미움이거나
목마름이거나 그럴 테지만, 뜨겁다
이내 바람이 불어 부러지는 것은 나뭇가지이지만,
아픈 것은 마음이다
이제 다치지 않는 바람이 되고 싶다
날마다 그런 마음을 드리운 그림자를 물 위로 띄워보지만,
아무도 건져서 읽지 않는다
그렇더라도, 바람에게로 간다
이미, 풀어내린 긴 나뭇가지의 잎사귀들이
바람 속으로 먼저 들어서고 있다
언덕에서 바람에게 몸과 마음을 다 맡기고 있다
벌써 바람과 함께 놀고 있다

장닭

큰 누님이 결혼한다고 도배하는 날,
방안의 장롱을 마당으로 꺼내놓았다
그래서, 마당에서 놀던 장닭과
장롱 거울 속의 장닭이 만났다

한쪽에서 웃으면, 다른 한쪽에서 웃고
한쪽에서 폼을 잡으면, 다른 한쪽에서 폼을 잡고
한쪽에서 노래하면, 다른 한쪽에서 노래했다

그러다가, 갑자기
장닭이 장닭에게 덤벼들었다
서로 싸웠다
놀란 사람들은 하던 일을 멈췄다
누가 먼저 덤벼들었는지 모른다
다행히 장닭은 크게 다치지 않았다
거울이 깨졌다

사람들은 눈앞의 장닭이
거울이 깨지면서
거울 속에서 걸어나온 장닭인지
마당에서 놀다가 거울 속으로 걸어들어간 장닭인지
아니면, 또다른 장닭인지
아무도 알지 못했다

도둑고양이를 위한 변명

주인도 없이, 집도 없이, 떠도는
맨 처음 해와 달을 보고, 아, 멀어지는 저 별들
고요한 골목과 지붕을 걷고, 어둠이 오는 숲길
그 많은 경계와 경계를 넘나드는 순간,
비 오는 밤에 담장 위를 홀로 걸었다
안개는 죽은 자들의 영혼이 다가오는 것
멀리서부터 안개가 스며든다
배고플 때는 먹고, 배고프지 않을 때는 먹지 않았다
여러 날을 굶더라도 사람들은 몰랐다
그렇다고, 먹을거리를 미리 숨기지 않았다
조용한 밤이다 쓰레기 봉지를 헤집고 먹을거리를 찾을 때,
바람이 불고, 수염이 흔들렸다
척추가 잠깐 사이 용수철이 되는 것도 이럴 때다
눈은 마음에 이르는 문이고, 길이다 문을 열고,
아직까지 걸어들어온 사람들은 없었다
마주보고 있었지만, 끝내 마음과 마음은 닿지 않았다
눈이 사람의 눈과 이미 달랐다
그러니, 누구의 잘못도 아니다 사람들이 오라고 해도
가지 않고, 가라고 해도 가지 않았다
도둑질하는 모습을 보기라도 했을까 도둑고양이라니,
물증이라도 가지고 있다는 것일까 혐의 있음에 대해서
말하고 싶은 것이 아니다 그렇다면, 지금 사람들이
가지고 있는 것은 처음부터 사람들의 것이었는지 묻고 싶다

알고 싶다 먹이사슬을 흐트러뜨린 것은 누구인지
사람이 사람보다 나이가 많지 않은 신을 섬기다니
그런 데 생각이 가닿는 사이,
눈이 내리고, 눈 위에 발자국을 남겼다
거울을 보듯이, 발자국을 보면서 삶의 무거움,
또는 가벼움을 짐작해보았다 골목 어귀에서
사람들이 귓속말로 도둑고양이라고 말해도 무죄다
죄가 없다 계속 눈이 내리고,
조용히 혼자 말하고 싶었다 고양이는 자유다

손톱

마음과 달리 자라요
발톱보다 더 빨리 자라요
천천히 자라는 느낌이 들어요
자라서 살 속으로 파고들어요
그래서, 아파요
손톱은 피부라지요
도구이지만, 어쩌다가 장식이에요
뜨겁지도 않고, 차갑지도 않아요
손톱이 없는 사람이 있어요
일하면서 다 닳았어요
전쟁터로 나서는 군인은 자른 손톱을
고향집으로 보내고,
외로운 창녀는 온종일 손톱을 다듬어요
멋쟁이는 손톱에 색을 바르고,
그러는 사이에 아이는 손톱을 깨물어요
어린 나는 대도시로 가출하고,
거리의 낯선 청년은 뒷골목에서
나의 손톱을 살펴요
뭘 보았을까요
손톱이 표정이군요
들킨 마음은 무서워요
손톱 위에서 봉숭아꽃 물들이던 날들은
서둘러서 저물어요

아, 어떻게 해요
손톱은 거짓을 몰라요

돌, 혹은 두꺼비

광주과학고등학교 물리 선생님인 사촌형을 따라
전라도 장흥 천관산 천관사에 갔을 때의 일이다.
그날은 보름이라,
산 위로 둥근 달이 떠오르고 있었다.
사촌형은 카메라로 밤하늘의 별을 촬영하고
나는 극락보전 앞에 서 있었다.
그때, 처음 보는 젊은 보살이 지나가다가
나에게 "저기 돌이 있어요" 한다.
뒤돌아보니. 정말 극락보전 앞마당에 큰 돌이 놓여 있었다.
그런데, 어찌된 일인지 돌이 공중으로 튀어오른다.
가볍게 튀어오른다. 돌이 튀어오르다니,
문득, 소름이 돋는 놀란 눈으로
가까이 다가가서 자세히 보았다.
큰 두꺼비였다.
마침, 극락보전의 열린 문으로 부처님도 웃고,
나도 웃었다.
잠깐이나마, 돌이 공중에 떴다.
벌써, 젊은 보살은 보이지 않았다.

상여

볕이 들지 않는 그곳의 어둠은 상여의 식량이다
바람이 잦아 산꽃만 피는
산비탈의 외딴 상엿집에 상여가 산다
몸의 마디와 마디를 흩뜨려놓은 채 잠만 잔다
상여가 기다리는 것은
온몸에 종이꽃을 달고 외출하는 날,
살아 있는 사람이 죽을 때 한 번만 불러낸다
초상집 지붕 위로 저고리가 던져지고,
상여는 지게에 실려 마을로 내려온다
초상집 앞에서 뼈를 맞추듯
마디와 마디가 이어지면 상여는 한 마리 새가 된다
상여는 가장 깊은 곳에 관을 품고 일어나서
애잔한 상엿소리를 들으며
상여꾼의 어깨와 어깨에서 만들어지는 리듬을 타고 날아
간다
개천을 건너, 흔적도 없이 산속으로 스며든다

상수리나무의 기억

서울 개운사 금륜전 뜰에서
개미가 죽은 잠자리를 끌고 간다
잠자리의 그림자가 죽은 잠자리를
아직 따르고 있다
개미가 잠자리의 그림자보다 먼저
죽은 잠자리를 뜯어먹었다
우연이지만, 상수리나무의 그늘이
잠시 흔들렸을 뿐이다
죽은 잠자리가 개미의 입안으로 다 들어갔다
이럴 때, 개미는 잠자리보다 더 크다
뜰에 죽은 잠자리의 흔적이 남았다
남은 흔적을 바람이 지웠다
그날, 죽은 잠자리가 빠져나간 빈자리를
다시 산비둘기 소리가 채웠다
개미는 상수리나무 밖에 있고,
죽은 잠자리는 상수리나무 안에 있다
상수리나무가 보지 않았다면,
아무도 기억하지 않았다
그래서, 죽은 잠자리는
상수리나무 안에서 날아다녔다
날아도 날아도 닿지 않는
끝없는 하늘이 펼쳐졌다
꿈꾸는 것은 죽은 잠자리가 아니라,

상수리나무였다

고슴도치

나무 위에서 떨어진 까치집이 아니다
나무에서 잎이 떨어졌다
바람이 불어
떨어진 낙엽이 나뒹군다
이내 흩어진다
흩어지면서
안으로만 둥글게 휜다 그것은 숨구멍이다
채송화 옆에서 낮게 웅크리고 있다
불현듯 숨구멍이 열리고
바스락거린다 숨을 쉰다
다시, 바람이 불어
휩쓸린다
그래서 흩어졌다가 뭉쳤고
뭉쳤다가 흩어졌다 또 달아났다
하루 내내 마당을 뛰어다녔다
지금까지, 불어가는 바람이 다 길렀다

오래 남는 말

지금 번지고 스미는 것은 고즈넉함이다

화실 바닥에 손수건이 떨어졌다 소리나지 않게
숨을 쉰다 나는 커졌다가 다시 작아지는
평평한 허파를 보고 있다 언뜻 보면 잎이 큰
칠엽수 나뭇잎 같기도 하다 약간 들썩이며 흔들린다
당연히, 손으로 주우려고 해도 손에 잡히지 않는다
그것은 창문으로 들어온 햇살 자국이다

낮은 의자에 앉아서
그림을 그리는 친구의 애인이 나에게 말했다

혹시, 알아요?
수채화는 젊은 사람들이 그리기 어렵다는 것을

왜요?

수채화는 물감이 다 마를 때까지 기다려야 하는데,
젊은 사람들은 그것을 기다리지 못해요
물감이 다 마르기 전에 다시 손이 가거든요
버릇처럼,

갈 수 없는 나라

자고 일어나 방문을 열면 감나무 밑이 환했다 아침마다
누나와 함께 떨어진 감꽃을 주웠다 꽃밭에서
피는 꽃마다 하늘을 하나씩 들고 있었다 꽃이 지면
들고 있던 하늘도 무너졌다 아버지의 양복 호주머니에서
돈을 훔쳤다 훔친 돈을 담장 기왓장 아래
숨겼다 앵두나무 그늘이 좋았다 둥근 그늘 밑으로
들어가 돗자리를 깔았다 해 질 무렵, 어머니가
이름을 부르며 찾았다 대답하지 않았다 뒤뜰에서
죽은 것처럼 누워 있었다 비가 오면, 마당의
백일홍 나무는 비가 오는 쪽만 젖었다

시장경제

길에서 파는
맛있는 귤이
한 봉지에는 2,000원
두 봉지에는 3,000원

꿈의 번역

목걸이를 만들고
팔찌를 만들고
반지를 만들었다

나무 그늘에 앉아 꿈을 말하는 것은
실로 구슬을 꿰면서 장식하는 일이다
그렇더라도, 꿈은 말이 아니다
꿈은 지금까지 한 번도 말하지 않았다
꿈을 말하는 것은 욕망이다
그러니,
꿈이 있고
말로 만든 꿈이 있다
말이 꿈을 드러내기도 하지만
대부분 감춘다
말로 만든 꿈은
꿈과 다른
말로 만든 꿈이다
꿈은 어쩌다가 그냥 쏟아지는 구슬이다
꿰매지지 않을
앞으로도 꿰매지지 않을
예쁜, 또는 슬픈

사과와 사과 씨

봄을 지나 꽃 떨어졌다
여름을 견디며 살았다
나는 너를 키우고 너는 나를 키웠다
그렇게 만나 함께 살았다
너 없이 나 없고 나 없이 너 없다
하나이면서 둘이고 둘이면서 하나이다
어찌 생각해보면
같지도 않고 다르지도 않다
나라고 할 것도 없고 너라고 할 것도 없다
그토록 안으로 안으로만 뜨겁게 껴안으며 살았다
그렇더라도 이제 헤어져야 할 때
울지 마라
나를 데리고 가는 것은 바람이고
너를 데리고 가는 것은 땅이다

국제정치학회 여름 세미나

민족은 없다 민족은 단지, 관념이다
그러니, 민족은 허구다
아니다, 민족은 있다
열린 민족주의
제국 민족주의
근대 민족주의
저항 민족주의
유럽 민족주의
인종 민족주의
한국적 민족주의
식민지 민족주의
역사적 민족주의
동아시아 민족주의
생물학적 민족주의
아프리카 민족주의
닫힌 민족주의
탈민족주의
뜨거운 민족주의
사람 잡는 민족주의
나라를 지키는 민족주의
돈이 되는 민족주의
전혀, 돈이 안 되는 민족주의
세계화는, 결국 미국화

탈민족을 말하는 학자도 있다
웃기는 민족주의
때로는, 웃기지 않는 민족주의
말도 많은 민족주의

핵무기는 없다

지금 핵무기를 가지고 있는 나라는 없다
히로시마와 나가사키에서
원자폭탄이 터진 이후로
핵무기는 없다
미국은 패배한 베트남전쟁에서
핵무기를 사용하지 않았다
소련은 패배한 아프가니스탄 전쟁에서
핵무기를 사용하지 않았다
미국과 소련은 우리가 알고 있는 것과 달리
핵무기를 가지고 있지 않았다
핵실험만 했다
핵무기가 있다면, 정치적으로만 있다
사용하지 않거나, 사용하지 못하는 핵무기는
이미 핵무기가 아니다
그것은 돌이다
핵무기는 돌이다
옛날옛날에 어떤 사람이
화가 나서 손으로 잠깐 들었다가 다시 내려놓은 돌이다
그냥 부서지는 돌이다
겁낼 것이 아니다
이 세상에 핵무기는 없다
지하 핵무기 저장고 지붕 위에는 꽃만 피었다
바람만 불었다

일본 여자가 사는 집

내가 동네 앞에서 아이들과 함께 놀고 있을 때
동네 밖에서 찾아온 낯선 사람이
아이들에게 물었다
일본 여자가 사는 집이 어디냐고
아이들은 저기 기와집이라고 말했다
일본 여자는 우리 동네에서 사는 무면허 안과 의사였다
그렇다고 돌팔이 의사라고 부르는 사람은 없었다
멀리까지 소문난 일본 여자는 본래 간호사였다
일본 여자는 동네에서 태어나는 아기들을 받았다
돈은 받지 않았다
일본 여자는 조선 남자를 사랑했다
일본 여자가 사는 집은 우리집이고
일본 여자는 나의 엄마였다

노래하는 사람

지금 하는 노래는
마지막 별에서 부르는 노래

밤마다 옥상으로 올라가
노래한다

그러는 사이,
옥상 아래에서는
사람들이 모여 앉아 연속극을 보고,
연속극을 한다

여자와 남자는 만나고
사랑하고
다투고
헤어진다

멀리 가닿지 못하는 노래는
아래로 아래로만 쌓이고
기타를 치며
노래하는 사람은
달빛에 젖는다

흠뻑 젖는다

2부

바위

호랑이를 보고 온 사람은 호랑이바위라고 부른다
독수리를 보고 온 사람은 독수리바위라고 부른다
용을 보고 온 사람은 용바위라고 부른다

바위를 그냥 바위라고 부르지 않는다

사람들은 보고 싶은 것을 본다

같은 바위를 보고도 누구는 기쁨을 보고
누구는 슬픔을 본다

사람들은 뭘 보면, 자꾸 덧씌운다

그렇게 밖을 보지 않고 안을 본다

그럼, 지금부터 바위를 뭐라고 부르지

바위는 참 난처한 일이다

비가 내리고, 눈이 내리고, 바람이 불어도
바위는 아무 말도 하지 않았다

포크와 젓가락

스카이라운지에서 음식을 먹는다 멀리, 밤 풍경은
푸르다 많은 사람이 음식을 먹는다 포크로 먹는다
그 가운데, 단지, 한 사람만이 젓가락으로
음식을 먹는다 모두 음악을 듣고 있다 갑자기,
사람이 쓰러졌다 그리고, 죽었다 여태까지
젓가락으로 음식을 먹었던 사람이다 등에는
포크가 꽂혀 있다

안테나

아파트 지붕마다 안테나가 있지
교회 지붕 위의 십자가도 안테나이기는 마찬가지
안테나는 곤충도 가지고 있고, 자동차도 가지고 있어
아마 박쥐도 가지고 있지 않나
그렇다면, 절터 당간지주는 안테나를 꽂았던 자리
산 위의 큰 안테나는 정부기관이나 방송국에서 세웠을 듯
핸드폰이 개인용 안테나라는 것
사람들이 그것을 호주머니 속이거나 가방 안에 넣고 다
니며,
보내는 사연과 받는 사연은 그만큼 여러 가지일 터
혹은 받았지만 보내지 못하고, 보냈지만 받지 못하지
당연히 보이는 안테나도 있고, 보이지 않는 안테나도 있
겠지
보내기만 하고, 받기만 하는 안테나가 있는지도 몰라
통신회사가 많은 것은 어떻고
하늘을 떠다니는 인공위성도 안테나이지
듣기로는 무당집에 세워둔 대나무도 꽤 성능이 좋은
안테나라는 소문이 있다지
바닷가의 솟대도 안테나이기 마련이고,
솟대 위에 앉아 있는 저 기러기는 또 어떻다던
모든 안테나는 오래된 안테나이거나 새로운 안테나일 테지
추운 겨울밤이거나, 세찬 비바람 속에서도
안테나는 흔들리면서 끝내 버티는 것이고

나는 너에게 외로울 때도 신호를 보내고,
외롭지 않을 때도 신호를 보내지
너도 나에게 그렇지
사람들은 오늘도 무슨 말을 하고 싶은 것이고,
무슨 말을 듣고 싶은 것이니

김승재

김승재는 나의 친구이다. 서울 장충초등학교 6학년 2반 담임 선생님이다. 2008년 4월 10일, 집에서 잠을 자다가 갑자기 죽었다. 오매, 우리집 대들보가 무너져부렀네. 고향에서 오신 어머니가 영안실에서 밤이 새도록 통곡했다. 장례를 치르는 동안 내가 죽은 친구의 핸드폰을 가지고 있었다. 어린 제자로부터 문자메시지가 왔다. 죽은 친구를 강진의 양지바른 곳에 묻었다. 내가 다른 사람들 몰래, 죽은 친구에게 읽었다.

선생님 안녕하세요.
저 유림이에요.
좋은 나라 가셔서
행복하게 사시고
다음 생에는 꼭 오래 사세요.

무연고 묘지

죽음은 그렇게
땅으로 스며드는 것
저 하늘로 스며드는 것
불어가는 바람 속으로 스며드는 것

산길을 오르다가
아무도 돌보지 않는 무덤을 보았다

봉분이 낮아지고 있었다

새소리가 들리고
이제 무덤은 보이지 않으리라
어떤 사람도 알아보지 못하리라
와서 부르는 사람도 없고
불러도 대답하지 않으리라

곧 평평해지리라

서울 지하철 2호선

떠났던 곳으로 되돌아온다는 것은
추측에 지나지 않는다
되돌아온 곳은 이미 지났던 곳이다
기억이 똬리를 틀고 있는 곳이다
나는 떠났던 때의 내가 아니다
그래서 낯설다

얼떨결에 두고 온 것이 있다면
다시 찾을 수 없다
헤어진 사람이 있다면
다시 만날 수 없다

출발지가 있고, 없다
도착지가 있고, 없다

열차는 출발지를 지우고,
도착지를 지우면서 돌고, 돈다

해가 뜨는 쪽으로 출근했다가
해가 지는 쪽으로 퇴근했다

보이는 것은 원이지만
말하고 싶은 것은 선이다

그럴수록 원을 만들고 있는 연결고리의 이음매는 튼튼하다

입으로 꼬리를 물었지만 먹을 수 없다
사라지지 않는다
언제나 입으로 꼬리를 물고 있으므로

시작도 없고, 끝도 없다
끝내는 입도 없고, 꼬리도 없는 셈이다

날마다 일탈을 꿈꾸면서도
일탈이 곧 해탈이라는 것을 미처 몰랐다
알았더라도 어쩔 수 없다

오늘도 돌고, 돈다

미안하지만, 해탈은 없다

북악 스카이웨이

지름길로 가기 위해
돈암동에서 우회전하여 산길로 접어들었다.
그런데 지금 앞서가는 차는
단풍놀이를 한다.
천천히 간다.
빨리 갈 필요가 전혀 없다.
나는 빨리 가야 한다.
일하러 가는 길이다.
가는 길은 한 길,
그러니, 앞질러 갈 수도 없다.
아, 나도 저럴 때가 있었으니
단풍이 곱다.

닮다

걸어서 성북동 길상사에 가는 날
잠시 쉬어 갈 생각으로 돈암동 성당에 들렀더니
마당 한편에 성모마리아상이 있다

이미, 보신 분들은 알겠지만
서울 성북동 길상사의 관세음보살상과
서울 돈암동 성당의 성모마리아상은 닮았다

둘 다 화강암이다
얼굴 표정도 비슷하다
표정이 그러니
마음도 그러겠다

모두 조각가 최종태 선생이 빚었다

그러므로 둘이 남매나 자매라고 해도
아주 틀린 말이 아니다

빚은 사람의 마음도 그러하리라

가면무도회, 또는 너무 많은 나

지붕을 세우고, 방을 만들고, 창을 냈다
해가 뜨고, 달이 뜬다 나는
네이버와 다음과 싸이월드와 야후와 엠파스와
드림위즈와 구글과 유니텔에 깃들였다
블로그와 블로그 사이에서 나는
만나고, 헤어졌다 울고, 웃었다 눈을 뜨고, 잠이 들었다
어느 집 처마 밑에서 비를 피하고 있을 때는
빨간 우산이었다가, 미친 바다였다
물을 먹지 않고도 나무가 자랐다
후박나무였고, 소나무였고, 은행나무였다
향기 많은 비자나무였다
나이테를 보고도 방향을 알 수 없었다
그럴수록 나는 그곳에서 안거했다
구글어스에서 지구를 가지고 놀았다
어떤 때는 원주민이었다가, 나그네였다
개마고원이었다가, 고비사막이었다
압록강을 따라 서해로 갔다가,
다시 두만강을 따라 동해로 갔다
밤에는 사이좋은 나무와 새였다
아버지였다가, 어머니였고, 여자였다가, 남자였다
나이도 다르고, 얼굴도 달랐다
목소리도 다르고, 생각도 달랐다
나는 곧바로 많은 아이디의 이름들로 이탈했다

마우스들이 쉴새없이 나를 물어 날랐다
낯선 땅과 밤하늘과 바다에 흩뿌려졌다
가면을 잃고 허둥대는 날도 있었다
끈끈한 탯줄을 끊고 부유했다
컴컴한 어둠 속에서, 나는 니콜라이였다
니콜라이는 니콜라이를 몰랐다

강경애라는 소설가

이상하지, 현대문학사전을 읽을 때마다 자주 그 이름 앞에 눈길이 머문다는 것 황해도 장연 사람이라는 것 1906년에 태어나 1944년에 죽었다는 것 길지 않은 삶을 어렵게 살았다는 것 이 땅에 와서 소설을 썼다는 것 내가 그의 장편소설 「인간문제」를 읽고, 단편소설 「지하촌」을 읽었다는 것 그러니까, 그가 지은 말의 집에 내가 잠깐 다녀왔다는 것 그러는 사이, 그가 살았던 식민지의 하늘 아래 눈 내리고 비 온다는 것 바람 분다는 것 이처럼 펼쳐진 배경 속에서 두 손으로 옷깃을 붙잡고, 땅 위에 발을 붙이고, 한 사람이 걷고 있다는 것 그는 무슨 말을 하고 싶었다는 것 쓴다는 것과 읽는다는 것 혹은, 말한다는 것과 듣는다는 것 마침내 사람은 없고, 작품만 남았다는 것 가끔은 이렇게 문득 만난다는 것 그래서 오늘, 강경애라는 소설가

보타사

찾아간 절에
아무도 없다

스님은
어디를 가셨을까

빈 절이다

아니지,
부처님이 계시지 않는가

나뭇잎이 떨어진
대웅전 앞마당을 쓸고 왔다

거리의 싸움

웃을 얘기이지만, 내가 민정시찰이라고 해서 혼자 걸었다
깊은 밤에, 청량리에서 동대문까지 걸었다
동대문에서 종로까지 걸었다
종로에서 남대문시장까지 걸었다 포장마차에서 잠깐 쉬
었다가,
남대문시장에서 서울역까지 걸었다
서울역에서 신촌까지 걸었다
만리동 고개에서 갑자기 비를 맞았다
희미한 간판 아래, 남자를 이끄는 여자의 손짓과
그 뒤로 소리없이 넘어지는 어둠을 보았다 계단에서
부둥켜안고 서 있거나, 앉아서 새벽을 견디는 여자와 남
자가 있다
사람들이 큰 소리로 운다 울다가 웃는다 고개를 들면,
웃음소리가 하늘로 가서 달이 되고, 별이 된다
이럴 때, 달과 별은 그리 밝지 않고, 흐리며, 차갑다
다시, 외마디 외침이 들리는 골목은 안개가 가득하다
싸운다 사람들이 싸운다 거칠게 싸운다
그렇게, 밤은 사람이 짐승이 되는 시간이다
몸밖으로 늑대가 뛰쳐나오고, 여우가 뛰쳐나온다 이리저
리 날뛴다
그동안 늑대와 여우는 늑골 아래 웅크리고 있었다
비틀거리면서, 혹은 씩씩하게 싸운다
톺아보면, 혼자다 싸움의 대상은 적이지만, 적이 보이지

않는다

그러니, 공중전화 부스가 적이다

공중전화 부스가 남자이고, 여자이다

어떤 때는 아버지이고, 대통령이고, 바람이다

공중전화 부스를 때려 부수는 사람이 있다

얼핏, 누가 어둠 속의 적을 불러낸다 그렇더라도

적이 보이지 않는 것은 마찬가지이다

혼자 던지고, 때리고, 얻어맞는다 피 흘린다

어쩌면 적은 있거나, 없다 보이거나, 보이지 않는다

불러도 대답이 없는 거리에서, 끝내는 자기가 자기를 때리고 있다

고양이 한 마리가 나타났다 사라졌다 가로등과 가로등 사이에서

새벽바람에 흔들리는, 반짝이는, 서성이는, 흐르는 불빛, 불빛들

노숙의 집

깊은 밤, 그림자를 지상의 어둠에 두고, 가볍게
계단을 딛고, 지하로 스며드는 사람이 있다
자세히 보니, 두 손에 골판지 상자를 들고 있다
잠깐, 담배를 피우고, 끈다 집을 짓는다
먼저, 바닥을 깐다 바닥재는 삼성 김치냉장고 상자이다
이제, 외벽을 세운다
외벽재는 네슬레 커피 상자이고, 베네통 상자이다
다음은, 배스킨라빈스 아이스크림 상자로 천장을 만든다
지붕은 피에르 가르뎅 헌 우산이다
우산이 지붕이다 어떻게 보면, 지붕이 문이다 우산을 들고,
그러니까, 지붕을 들고, 집으로 들어가고, 나온다
그렇게, 집이 만들어졌다
다국적이다 장식은 없고, 조립식이다 그런 사이에,
사람은 보이지 않는다 이미 잠들었다
여느 사람들은 무너지지 않을 견고한 집을 짓지만,
노숙의 집은 단지 하룻밤만을 견딘다
지하철역 2번 출구와 4번 출구 사이에 있다

희망

여자아이는 앞으로나란히를 해보고 싶다
지금까지, 한 번도 앞으로나란히를 해보지 못했다
많은 아이 가운데, 가장 키가 작았다
언제나 맨 앞에 섰다

졸업식 날 펑펑 울었다

빛

스스로 죽지 않는다면
죽음은 웅크리고 있는 용수철
무서운 호랑이
배고픈 사자
독을 품은 뱀
가장 여린 틈을 찾아
언제든지 튀어오른다
산다는 것은
어둠을 건너는 것
빛을 본 사람이
어둠을 건널 수 있다
차를 몰고
배를 타고
어떤 때는 낙타를 끌며
걸어서 건넌다
끝내는 혼자 건넌다
그렇더라도
모든 사람이 어둠을 건너는 것이 아니다
그냥, 주저앉는다
어둠에 빠진다
어둠에 빠질 때는
발부터 빠진다

무등산의 마음

어느 해 여름, 소쇄원과 식영정을 둘러보고
환벽당을 둘러보고
취가정을 둘러보고
호숫가로 내려가서 혼자 앉아 있었다
그런데, 어찌된 일인지 호수 건너편의 무등산이
호수를 건너왔다 도무지, 올 수 없는 곳을
그림자로 왔다. 큰 산이 물을 적시지도 않고
호수를 건너는 것을 보았다 그러니, 내가 엉겁결에
산속으로 들어간 것은 당연하다

도시는 기억하지 않는다

즐겨 찾는 서점이 있던 자리에
전자오락실이 들어서더니
다시, 음식점이 되었고
바쁜 걸음으로 골목을 돌아설 때
그것은 세탁소가 되었다가
어느덧, 커피 전문점이 되었다

봄이면, 덩굴나무 줄기를 따라
건물이 자란다
당연히, 다 자란 건물은
그 자리에
서점과 전자오락실과 음식점과
세탁소와 커피 전문점이 있던 시절을 모른다 꽃핀다

건물 속에서 사람들이 산다
건물을 이제 어항이라고 불러도 어긋나지 않는다
그렇다고 건물이 쉽게 깨질 것이라고
짐작하는 사람은 드물다
그렇다면, 사람이 물고기가 되는 시간이다

밤마다 불빛에 따라 모든 것이 출렁거린다
낮은 하늘에 물고기 비늘무늬가 둥둥 떠다니는 것은
새벽 무렵이다

김대중주의자

너희가 대통령이라면
나의 대통령은 꽃피는 봄이다
너희가 대통령이라면
나의 대통령은 비 내리는 여름이다
너희가 대통령이라면
나의 대통령은 단풍 드는 가을이다
너희가 대통령이라면
나의 대통령은 눈 내리는 겨울이다

알고 있는 것처럼
나의 대통령은 이미 죽었다

아니다, 그렇지 않다
누구보다 더 오래 산다

내가 아무도 몰래 만나고 온다

너희가 대통령이라면
나의 대통령은 저 들판의 바람이다

바람이 분다

영산포 장날

광식이네 소 팔러 가는 날입니다
서둘러서 아침밥을 먹고
우리는 광식이네 집으로 달려갔습니다
모두 야단이었습니다
마당에서 광식이 엄마가
소의 고삐를 붙잡고
소에게 억지로 여물을 먹이고 있었습니다
소는 더 먹지 않으려고 고개를 돌렸습니다
여물을 다 먹은 소는 마치 새끼를 밴 것처럼
배가 부풀어올랐습니다
이제 광식이 아버지가 소를 이끌고 문을 나서는데
광식이 엄마가 소의 등을 쓰다듬으며 말했습니다
고생했다 잘 가거라
길에는 아카시아꽃이 환하게 피었습니다
소는 오줌을 싸며 걷고
우리는 그 길을 뒤따라 걸었습니다
읍내에 이르러 광식이 아버지와 소는 우시장으로 가고
우리는 학교로 갔습니다
그날 광식이 아버지는
술에 취했습니다
우리는 아카시아꽃 향에 취했습니다
모두 흔들렸습니다

도너츠

눈 내리는 날,
한가운데 텅 빈 마음자리를 바라보고 있으면
마음은 있는 것도 아니고
없는 것도 아니다
스산한 바람만 불었다
비움으로 끝내는 남아 있는
중심의 괴로움을 처음에는 몰랐다
중심은 사라지고
주변은 드러나는 풍습이 그만큼 낯설다
안이 밖을 만들었다
밖이 안을 만들었다
그렇다고, 마음이 갇히지도 않았고
열리지도 않았다
흥미로운 것은
다 먹혔을 때만
둘이 서로에게 고요히 번진다
안과 밖이 서로에게 스민다
둘이 다투지 않는 고즈넉함이다
너와 내가 하나이듯이
빛과 어둠이 하나이듯이
밤과 낮이 하나이듯이
마치 정신과 육체가 둘이 아니라 하나이듯이
그대로 하나의 몸이다

그리고, 흩어진다
이미, 서로 알고 있었던 것처럼

3부

꽃

불어가는 바람이 잠깐 옷을 입어보는 것이다

인화하지 못한 사진

몇 살 때였을까

자세히 알 수 없다

그때는 내가 아주 어렸을 때였으니까

설날을 맞아
아버지와 함께 큰댁에 갔다

많은 친척이 모여 세배를 했다

친척 어른이 내 또래의 한 남자아이를 불러
아버지에게 세배하라고 했다

내가 잘못 들은 것이 아니다

설날 큰댁에서
나는 아버지의 아들을 보았다

연학이 형 생각

그러니까, 이 무렵입니다. 1980년 5월이었습니다. 저는 광주교육대학교 건너편 조용한 주택가의 하숙집에서 살았습니다. 이층집 양옥이었습니다. 저는 고등학교 3학년생이었고, 하숙집 아들인 연학이 형은 전남대 의과대학 학생이었습니다. 그날은 바로 집 앞에서까지 완전무장한 계엄군들에게 청년들이 쫓고 쫓기는 날이었을 겁니다. 연학이 형이 저의 방으로 와서 저에게 말했습니다. "우리 공부 열심히 해서 외국으로 가서 살자. 이런 나라에서 살지 말자"그랬습니다. 연학이 형의 두 눈에 눈물이 고여 있었습니다. 그 무렵 연학이 형은 저에게 전남대 대학병원에서 시위하다가 다친 시민을 치료한 얘기를 많이 해주었습니다. 하지만, 그런 며칠 뒤에 연학이 형은 하숙집의 다른 대학생 형들과 함께 몸을 피하려고 광주 밖으로 빠져나갔습니다. 계엄군들이 대학 부근의 주택을 수색하여 대학생들을 다 잡아간다니까 어쩔 수 없었습니다. 이웃 하숙집 대학생들은 모두 잡혀가기도 했고, 우리 하숙집 대학생 형도 대학교 정문 앞을 지나다가 공수부대원에게 붙잡혀 엄청나게 얻어맞고 오기도 했습니다. 대학생 형들은 모두 그렇게 떠나고, 하숙집 아주머니와 하숙집 딸 그리고 저만 하숙집에 남았습니다. 이렇게 셋이 광주의 그날들을 보냈습니다. 창문에는 총알이 못 들어오도록 조선이불을 못 박아 걸었습니다. 밤에는 불도 켜지 않고 살았습니다. 6·25 전쟁 때도 그랬다고 했습니다. 하숙집 아주머니는 저를 잘 보살펴주셨습니다. 학교는 예정 없이 계속 휴교중이었습니다. 전화는 불통이었습니다. 광주의 모든 곳에서 매일 공포의 날들이 이어지고 있었습니다. 저는 집회가 열리는 도청 광장까지 날마다 걸어서 다녔습니다. 광주 시민 모두 매일 그랬습니다. 눈앞에서 정말 놀라운 모습들이 펼쳐졌습니다. 그것들을 지금 다 말하기 어렵습니다. 말하면 많이 아픕니다. 연학이 형은 교장 선생님 댁 예쁜 누나와 몇 년 후에 결혼했습니다. 그 누나가 우리 하숙집에 자주 놀러왔기 때문에 잘 알고 있습니다. 소식으로 들었습니다. 그러다가 제가 어떻게 찾았습니다. 연학이 형은 저처럼 외국이 아닌 이 땅에서 살고 있었습니다. 연학이 형은 전라도 어느 시골에서 병원을 운영하고 있었습니다. 아직 만나지 못했습니다. 아마도 훌륭한 의사로 살고 있을 것이 분명합니다. 연학이 형의 이름을 30년이 지나도록 잊은 적이 없습니다. 연학이 형, 다시 5월입니다.

남대문 상회

여름에는
얼음을 팔고
겨울에는
석유를 판다

나무상자

영산포역 앞에 약장사가 오고 사람들이 가득 모였다
약장사가 내민 것은 나무상자였다
나는 바짝 다가가서 쪼그리고 앉았다
약장사는 여드름과 주근깨는 물론이고
무좀도 없애주는 만병통치약을 팔았다
춤을 추고, 노래도 불렀다
나는 나무상자를 바라보고 있었다
그냥 일어날 수가 없었다
사람들이 조금씩 흩어져 떠날 때마다
약장사는 나무상자를 매만지면서
머리가 두 개 달린 뱀을 곧 보여주겠다고 했다
벌써, 해가 지고 있었다
약장사는 나무상자 안에 든 머리가 두 개 달린 뱀을
끝내 보여주지 않았다
그렇다고 약장사에게 따지는 사람도 없었다
약장사는 풀었던 보따리를 묶고
모였던 사람들은 모두 집으로 돌아갔다
나는 아직도 그곳에서
나무상자를 바라보고 있는 시골 아이의 모습을 가끔 본다

탑돌이별

밤에
사람들이 탑을 돌고
별들이 북극성을 돌았다

탑과 북극성은
땅과 하늘에서
서로 마주본 채로 서 있고

사람의 마음은 하늘에 이르렀다
별의 마음은 땅에 이르렀다

사람들은 땅에서 돌고
별들은 하늘에서 돌았다

그렇다면
북극성은 몇 층 탑일까

북극성을 도는 별들은 탑돌이별이다

안암동에서

서울 안암동에서 두 사람이 살았다

보타사 주지 초우 스님은
어느 때나 얼굴이 벌겋다
겨울에 암자에서 날마다 밤샘 정진을 하다가
얼굴이 동상에 걸렸다
그래서 아프다
늘 편안한 얼굴이다

중국음식점 안암장 배달원 김동식씨는
어느 때나 얼굴이 벌겋다
겨울에 오토바이를 타고 밤낮으로 음식 배달하러 다니다가
얼굴이 동상에 걸렸다
그래서 아프다
언제나 웃는 얼굴이다

여름밤에
비는 내리고,
목탁 소리가 들린다
오토바이 소리가 들린다

오규원 시인 어록

이와 같이 나는 들었다

시를 열심히 쓰지 않는 시인들은
전 언론인, 전 교수라고 하는 것처럼
전 시인이라고 불러야 옳은 것 아니냐

컵을 바라보는 다섯 가지 방법

옆에서 본다
위에서 본다
아래에서 본다
뒤집어서 본다
비스듬히 본다

봄에 만난 아이

성북동 성당에서 커피를 마시고, 성북동 길상사에서 밥을 먹고 걸어서 내려오던 날 버스정류장에서 엄마와 함께 버스를 기다리고 있는 한 아이를 만났다. 초등학교 3학년이고, 이름은 준호란다 한국인 아빠와 필리핀인 엄마에게서 태어났다 엄마와 아빠는 이혼했다 지금은 수녀원에서 운영하는 집에서 살면서 학교에 다닌다 오늘처럼 일주일에 한 번은 엄마가 혼자 사는 집으로 간다 함께 버스를 타고 가다가 내가 호주머니 속에서 사탕 하나를 꺼내주었다 아이는 한국말을 참 잘했다 아이는 배낭을 등에 멘 채 두 손으로 전자오락을 하고, 한국말이 서툰 엄마는 웃으면서 아이가 매우 똑똑하다고 나에게 자랑했다 엄마와 아이의 대화는 쉽지 않은 듯 보였으나 정겨웠다 서로의 대화는 말로만 하는 것이 아니었다 이름이 유명한 야구선수의 이름과 같아서 내가 오래 기억할 수 있다고 아이에게 말했다 버스에서 엄마와 아이는 먼저 내리고, 우리는 그렇게 멀어지면서 다시 만나자며 손을 흔들었다

비밀

그늘을 따라서
우연히 숲으로 갔습니다
숲에서 보았습니다
나무와 어둠이 합쳐지는 것을
나무는 없습니다
더 있다가, 나와 어둠이 합쳐졌습니다
나는 없습니다
그러니, 지금 하는 말은 내가 하는 말이 아닙니다
어둠이 하는 말입니다
아무도 본 사람이 없습니다
모르겠습니다
혹시, 밤하늘의 작은 별들이 보았는지
그렇지만, 걱정하지 않습니다
밤하늘의 작은 별과 어둠이 합쳐지는 것을
나는 아직 누구에게도 말하지 않았습니다
우리는 서로 모르는 것이 아니라,
서로 알고 있습니다
그래서, 말할 수 없는 것이 아니라
말하지 않는 것입니다
이것은 비밀입니다

아, 김근태

우리 곁을 벗어난
장의차가
멀리 가고 있다

꿈꾸기 어려운 곳에서
꿈꿨던 사람,
꿈을 눈앞에 드러내고 싶었던 사람이
지금 떠나고 있다

이제 보이지 않는다

군사독재 시절
대학로 흥사단에서 그의 말을 들었다

눈물이 난다

흐르는 눈물이
눈두덩에서 얼었다

춥다

영웅

일터 부근의
큰 빌딩 지하상가에서 불이 났다

소방차가 급히 쫓아왔다
산소통을 멘 소방대원들이 지하상가로 내려가서
연기에 질식된 사람들을
연이어 업고 올라왔다

구급차가 연기에 질식된 사람들을 병원으로 싣고 갔다

지하상가에서 연기가 계속 솟아오르고
끝내는 지하상가에서
소방대원이 소방대원을 업고 올라왔다

모두 땅바닥에 그대로 쓰러졌다

겨울 도서관

대학도서관에 갔다
춥다 추워도 모두 옷깃만 추켜세울 뿐
꺼져 있는 히터를 다시 켜는 사람이 없다
에너지 절약을 위해서 그러는 것이 아니다
추위를 견디기 위해서 그러는 것이 아니다
따로 금지를 알리는 글이 있는 것도 아니다
다들 히터를 켤 줄 모른다
스위치를 몇 번 누르기만 하면 되는 것을 하지 않는다
하지 않으니, 하지 못한다
누가 보이지 않는 곳에서
중앙 통제 시스템으로 관리하는 줄 안다
깊은 밤에
누가 보이지 않는 선을 붙잡고
껐다 켜기를 하는 줄 안다
관리만 받아봐서
이제 관리하는 것을 모른다
대학도서관에는
주면 먹고, 주지 않으면 먹지 않는
어항 속의 물고기들이 산다
이상한 공부벌레들이 산다
추우니까 겨울도서관이다
겨울도서관에는 희망 온도가 없다

역사는 흐른다

벼슬을 지낸 나의 12대조 할아버지 윤의는 임진왜란 때 여러 싸움에 나섰다 진주성 2차 싸움 때도 고향 나주에서 의병을 모아 이끌고 가서 일본 침략자들과 싸웠다 1593년 6월 29일 진주성에서 그렇게 싸우다가 죽었다 같은 날 의병장 김천일도 죽고, 그 무렵 기생 논개도 죽었다 고향 나주에서 할아버지의 죽음을 전해 들은 수성 최씨 할머니는 영산강에 몸을 던져 숨졌다 그로부터 오랜 세월이 흘렀다 할아버지와 할머니의 후손인 나는 일본 사람의 뱃속에서 나와 할아버지의 목판본 행장기를 인쇄판 행장기로 다시 묶었다

가을 이후

나무가 자연일 때 나무에서 배웠다 개발 계획에 따라 이사를 자주 다닌 나무가 죽으면서 남긴 나이테를 보고 가야 할 방향을 알기란 쉽지 않다 지난봄에 양귀비꽃이 나비를 품안에 가두지 못했다 자살하기 좋은 날을 놓쳤다

오래된 신분증에서 얼굴 사진이 다 지워졌다 이름과 주소와 주민등록번호도 지워지고 있다 누가 부재를 묻더라도 대답할 일이 아니다 길가의 은행나무에서 떨어진 열매를 주워가는 사람이 없다 지독한 불임이다 날마다 청소부가 와서 열매를 휴지통에 버렸다 울어본 지 참 오래되었다

예쁜 물총새는 왜 도시에 와서 죽었을까 숲속 낙엽 아래 묻었다 지갑 속 주민등록증과 운전면허증 사이에 유언장이 있다 유언장을 읽을 사람이 없다는 것을 날아가는 새는 알고 있다 흘러가는 구름에서 어떤 얼굴도 찾지 말 것 그대로 둘 것

어쩌다가 몸이 아프고, 마음이 아프다 아직 살아 있다 더러 몸과 마음이 따로 있다는 소문이 있지만, 사람들이 만든 헛소문이다 죽으면 몸과 마음도 함께 죽는다 그렇게 생각하는 것이 좋다 나의 지금은 가을 이후다

필담

대학도서관 큰 책상에서 책을 읽고 있는데
옆에서 마주앉은 남학생과 여학생이
빈 종이를 사이에 두고 서로 필담을 나눈다

그러기를 한참이다

그래서, 나도 그 빈 종이에 필담을 남기고 싶었다

괜찮아요 말로 하세요

의체공학교실

거미가 되고 싶은, 하지만 아직 거미가 되지 못한 사람이 말했다 흔히 알고 있는 거미줄은 가로줄과 세로줄이 다르고 또 굵은 줄과 더욱더 가는 줄도 있단다 거미 한 마리가 그렇게 다 만든다고 한다 거미줄을 만드는 연구는 액체로 고체를 만드는 일이고 거미줄처럼 가늘고 부드럽게 만드는 것이란다 신 몰래 신에게 도전하는 일이다 만든 거미줄을 내과 수술용으로도 쓸 것이고, 쓰임새는 생각했던 것보다도 훨씬 더 많단다 거미가 숨어 있다가 거미줄의 가는 떨림을 붙잡고 먹잇감을 찾듯이, 사람이 거미줄을 가지게 되면 놓친 사랑도 포획할 수 있을까 어느 날 누가 연구실의 문을 열었다가 말을 하는 큰 거미를 보더라도 놀랄 일이 아니다.

진관외동 산 1번지

사람들이 재개발을 앞둔 집을 떠나면서
버리고 간 개들이 북한산으로 모여들었다
그렇다고 개들이 들개처럼 살아가지도 못할뿐더러
더군다나 늑대나 여우가 될 수도 없는 노릇이다
엉거주춤,
등산객들이 먹다가 남긴 음식이나 핥고
산 제사 음식을 물고 다녔다
그럴 때, 빛나는 구두를 신고 집을 나선
양복 차림의 한 사내가
회사로 가지 않고 등산길을 따라 산을 오르고 있다
물으나 마나 사내는 일터를 잃었고
산속의 개들이
자기 이름을 잊은 것은 이미 오래다
저들끼리 으르렁거리다가
쫓고 쫓기다가
곱게 물든 단풍나무와 함께
바위 위 낭떠러지 비탈에 섰다

너에게

거리에서 붕어빵을 사먹고,

가끔 경동시장 어물전에서 쪼그려 앉아
집게손가락으로
살아 있는 붕어도 만져보고,

잠들지 않고,
절 대웅전 처마 끝 풍경에 매달려 있는
붕어는 또 뭐람?

솜사탕을 먹는
아이의 눈이 되었다가
보신탕집으로 끌려가는 개의 눈이 되었다가
때로는 연줄이 끊어진 연이었다가

혹은, 가르치는 사람이 아니라
배우는 사람이었다가

저기, 불어가는 바람 좀 보아라

우리 안의 나라

지금까지 100년 동안,
우리나라에 다른 나라의 무장군인들이 없었던 때가
몇 년이나 될까.

어느 해 봄날,
한미연합사령부에서 중령으로 일하는 친구의 초대를 받아
가족들과 함께 서울 용산에 있는 미군 부대로 놀러 갔다.

그곳은 미국이었다.
잘 가꾼 배경과 낯선 길과 집들
사람들이 모여서 하는 놀이도
바람도 미국이었다.

내가 본 것이 틀리지 않았다.

나만 그렇게 생각하는 것이 아니었다.

멋진 식당에서 맛있는 음식을 먹은 뒤
은행 카드로 음식값을 내고 서성거리고 있을 때
곧바로 은행 카드 회사로부터 휴대전화기로 문자 알림 글
이 왔다.

"고객께서는 지금 외국에서 결제하셨습니다."

전남 나주시 안창동 당산나무

고향 마을을 간다 내가 당산나무를 생각하는 만큼
당산나무도 나를 생각하고 있을까 당산나무는
함께 놀던 나를 알아보기나 할까 서먹하다 혹시
당산나무가 나를 모른 체하며, 밀쳐내지나
않을까 내가 손을 내밀면, 당산나무가 나의 손을
붙잡아줄까 아니면, 내가 먼저 당산나무가 내민 손을
뿌리쳐버릴까 그러면 당산나무는 아침마다
찬바람 앞에 서 있겠지 어쩐지 불안하다

걸식

밥값이 있을 때
밥을 얻어먹는 것과
밥값이 없을 때
밥을 얻어먹는 것은 다르다
많이 다르다
내가 큰 도시에 나와서 학교에 다니던 때
주말을 맞아 고향집에 가면
고향집의 마루에서
거지들이 밥상에 둘러앉아 밥을 먹고 있었다
어떤 때는
가정부만 있고
집주인은 없는데
거지들이 그러고들 있었다
아버지가
마을에 들어온 거지들을 불러서 밥을 주었다
아버지는 어떻게 알았을까
수십 년이 지난 뒤에
막둥이가 밥을 얻어먹는 것을

용진단

마을 위쪽에 있다.

작은 맞배기와집 방문을 열면 안에는 당할아버지의 얼굴을 그린 그림이 있고, 제사상 위에는 옛 그릇들이 있다. 처마 밑에는 제주도에서 배를 타고 왔을 현무암 하나가 숨구멍이 뚫린 채 놓여 있다. 기왓장을 얹은 돌담 사이에 나무로 만든 대문이 있다. 대문 앞에는 오래된 백일홍 나무가 있고, 큰 당산나무가 있는 곳은 그 아래쪽이다.

대문은 당할아버지의 제사를 모실 때만 열리고, 늘 닫혀 있다. 다른 때 누구든지 안으로 들어가면 안 된다. 함부로 들어갔다가는 들어간 사람의 손가락이 구부러진다. 마을 아이들도 모두 알고 있다. 아이들은 숨바꼭질할 때도 들어가지 않았다.

지금까지 마을 아이들 가운데 손가락이 구부러진 아이는 없다.

언젠가 도둑이 들었다. 그 해 먼바다에서 태풍이 왔고, 많은 비가 내렸다. 영산강이 넘쳤다. 강물 위에서 뱃길이 다 흐트러졌다. 도둑이 당할아버지의 얼굴을 그린 그림을 훔쳐갔다. 벌써 오래되었다. 하지만 아직 붙잡지 못한 도둑의 손가락이 구부러졌다. 마을 사람들은 여태껏 그렇게 말한다. 내가 들었다. 당연히 나도 그렇게 말한다.

징병검사장에서

눈을 감으세요
모두 눈을 감으세요

여러분 가운데,
자신이 고아, 사생아, 혼혈아, 전과자인 사람은
조용히 앞으로 나오세요

모두 눈을 감으세요

나는 신발을 들고 앞으로 걸어나갔다

다시, 바다에서

눈을 감으면
아무것도 보이지 않는다
아무것도 없다

내가 있어야 당신이 있다

내가 없다면 이 세계도 없다

바람이 불지 않더라도
떠나야 한다

부러진 돛도 돛이다

다친 사람도 사람이다

아픈 사랑도 사랑이다

사는 것이 힘들더라도
다짐해야 한다

바다가 물고기를 만든 것이 아니라
물고기가 바다를 만들었다

해설

흐르는 역사와 어둠의 기술
황현산(문학평론가, 고려대학교 명예교수)

윤희상의 시는 사실 통상적인 의미에서의 해설이 필요 없다. 시가 평이할뿐더러 저 자신을 늘 설명하고 있기 때문이다. 그러나 소박한 사건과 결부된 소박한 말들이 반듯하게 시가 되는 그 심리적·미학적 경로까지 시가 모두 설명하는 것은 아니다. 정확하게 말한다면, 시는 그것까지 설명하고 있다고 말해야겠지만, 그 설명을 명백하게 짚어내기 위해서는 역시 또다른 수준의 설명이 필요하다. 우선 부담 없이 읽게 되는 시구들이 문득 굴곡을 만들면서 드러내는 섬뜩한 말의 예각을 설명하려다보면 그때마다 의문이 하나씩 솟아오른다. 아마도 우리 시대에 읽기 쉬운 언어로 가장 많은 비밀을 끌어안고 있는 시집을 고른다면 윤희상의 이 시집을 몇 손가락 안에 꼽아야 할 것이다.

「장닭」은 일종의 우화시이지만 그 교훈은 명백한 듯하면서도 의문을 물고 온다. '장닭'은 전라도말로 수탉을 이르는 말이다. 그 장닭이 어떤 일로 마당에 놓인 체경 속에서 제 모습을 본다. 거울을 사이에 두고 두 닭이 서로 웃고 서로 폼을 잡는다. "한쪽에서 노래하면, 다른 한쪽에서 노래했다". 두 닭은 마침내 싸웠다.

누가 먼저 덤벼들었는지 모른다
다행히 장닭은 크게 다치지 않았다
거울이 깨졌다

허상에 사로잡혀 미망에 빠졌던 닭은 이제 허상이 깨졌으니 자기 자신으로 돌아왔을 것이다. 장닭은 깨달은 존재가 되었는가. 물론 아니다. 허상에 빠졌던 것이 우연이었듯이 저 자신으로 돌아온 것도 우연이다. 그 교훈을 새기는 것은 시인 자신일 뿐이다. 그런데 윤희상은 미묘한 시구를 적어 넣는다. "누가 먼저 덤벼들었는지 모른다". 시침 떼면서 쓰는 이 한 구절에 의해 시인은 전후의 상황을 파악하지 못하는 닭의 수준으로 내려간다. 그래서 시인은 제 허상과 싸우는 자인데, 동시에 관찰자이자 성찰자이다. 이 지점이 미묘해서 묻게 된다. 시인은 지금 제 허상을 깨뜨렸던 어떤 순간을 기록하는가, 아니면 이미 익숙한 하나의 교훈을 우의적으로 연출하는가. 그 대답이야 어떻든 시인은 이 의문의 야기에 의해 우화적 교훈시의 틀을 깨뜨린다.

「돌, 혹은 두꺼비」는 어느 절 마당에서 공중으로 튀어오른 돌을 본 이야기다. 놀라서 "가까이 다가가서 자세히 보았"더니 "큰 두꺼비였다". 보름달이 뜨는 초저녁에 지나가던 "젊은 보살"이 시인을 장난으로 속인 것이었다. "마침, 극락보전의 열린 문으로" 밖을 내다보던 부처도 웃고, 속은 시인도 웃었다. 짧은 에피소드의 기록이지만, 시는 입체적이다. 하늘에는 만월이 있고 땅에는 돌이 있다. 법당에는 부처가 있고 밖에는 속는 시인이 있다. "젊은 보살"은 시인의 감추어진 생명력을 충동하였다. 그 충동된 힘으로 "잠깐이나마, 돌이 공중에" 뜬 것이다. 사실 돌과 두꺼비는 똑같은 물질이며, 그 차이는 생명의 유무일 뿐이다. 시인은 충동된 생명에 의해 속았고, 그 순진한 생명의 발동이 돌 속에 감추어진 두꺼비의 생명을 자극하여 돌을 공중에 띄웠다. 그 점에서 시인의 속음은 미망이면서 동시에 깨달음이다. 부처가 미소짓지 않을 수 없고, 이 단순한 에피소드가 시가 되지 않을 수 없다. 그런데 이 시는 불교적인가. 그런 것 같기도 하고 아닌 것 같기도 하다. 아닌 것 같다는 것은 지극히 절제되어 있으면서도 완전히 숨기지는 못한 에로티시즘 때문이다.

「갈 수 없는 나라」는 기교적으로 뛰어난 시다. 시는 몇 개의 소주제를 한데 얽어놓았다. 전문을 인용한다.

　　자고 일어나 방문을 열면 감나무 밑이 환했다 아침마다
　　누나와 함께 떨어진 감꽃을 주웠다 꽃밭에서
　　피는 꽃마다 하늘을 하나씩 들고 있었다 꽃이 지면
　　들고 있던 하늘도 무너졌다 아버지의 양복 호주머니에서
　　돈을 훔쳤다 훔친 돈을 담장 기왓장 아래
　　숨겼다 앵두나무 그늘이 좋았다 둥근 그늘 밑으로
　　들어가 돗자리를 깔았다 해 질 무렵, 어머니가
　　이름을 부르며 찾았다 대답하지 않았다 뒤뜰에서
　　죽은 것처럼 누워 있었다 비가 오면, 마당의
　　백일홍 나무는 비가 오는 쪽만 젖었다

　아침마다 떨어진 감꽃을 줍는 남매, 하늘을 이고 있다가

놓아버리는 꽃밭의 꽃들, 아버지의 양복 호주머니에서 훔쳐 숨겨놓은 돈, 앵두나무의 둥근 그늘과 그 그늘에 눕기, 어머니가 불러도 모른 척하기, 그리고 비가 올 때 한쪽만 젖는 백일홍 나무. 이 여러 가지 작은 주제들이 하나의 사건인 것은 시인이 시구에서마다 쓰고 있는 귀걸치기로 알 수 있다. 시인은 이 세계를 떠나 다른 세계로 가고 싶었고, 그래서 아버지의 돈을 훔쳤을 것이다. 어머니가 불러도 죽은 듯이 누워 있었던 것은 돈을 훔쳤다는 죄의식 때문이기도 하고 그 작은 세계의 일상에 대한 불만의 표현이기도 할 것이다. 어린 시인은 그 세계를 떠나 다른 나라로 가고 싶었지만 갈 수 없었다. 그러나 지금은 바로 그 세계가 갈 수 없는 나라가 되고 말았다. 마지막 소주제 "비가 오면, 마당의/ 백일홍 나무는 비가 오는 쪽만 젖었다"는 시를 미진하게 마무리하는 듯하면서도 충분하게 결구의 구실을 한다. 한쪽만 젖어 있는 이 나무는 한 풍경의 전경을 구성하면서, 갈 수 없는 두 개의 나라를 동시에 붙들고 있기 때문이다. 시를 읽고 나서 잠시 눈을 감으면 이 나무가 꿈속의 나무처럼 아른거린다.

「너에게」는 제목이 말해주듯 편지 투의 시이다. 역시 한달음에 읽히는 소박한 어조의 시이지만 전체의 구성이 단순한 것은 아니다. 누구에게 쓴 편지일까. 첫 시구 "붕어빵을 사먹고"만 보면 어린이에게 하는 말이라고 짐작해서는 안 된다. 이 붕어빵의 붕어는 "경동시장 어물전에서 쪼그려 앉아" 집게손가락으로 만져보아야 할 "살아 있는 붕어"가 되었다

가, 다시 "대웅전 처마 끝 풍경에 매달려" 바람 받아 풍경을
울릴 청동 붕어가 된다. 자연의 일과 사람의 일이 있고 그 사
이를 연결하는 성스러움이 있다. 그 성스러움을 이해하기 위
해서는 "솜사탕을 먹는" 아이처럼 꿈에 홀리기도 하고, "보
신탕집으로 끌려가는 개"처럼 절망하기도 하고, "때로는 연
줄이 끊어진 연"처럼 헤매기도 하는 여러 타자의 눈으로 세
상을 보려고 애써야 한다.

　　혹은, 가르치는 사람이 아니라
　　배우는 사람이었다가

　　저기, 불어가는 바람 좀 보아라

　가르치기만 하는 사람에게 세상은 벌써 투명하고 모든 사
물의 갈래가 이미 정리되어 있다. 그는 더 많이 정리하고 더
많이 가르쳐 세상이 그대로 영속하기를 바란다. 그에게 발
전이란 높은 것이 더 높아지고 빠른 것이 더 빨라지는 것이
다. 가르치다가 배우기도 하는 사람은 이미 알려진 것을 부
정하는 사람이다. 그는 왜 빨라져야 하는지 묻고 왜 높아져
야 하는지 묻는다. 그는 바람을, 다시 말해서 보이지 않는
것을 본다. 그는 보이지 않는 것의 힘으로, 보이지 않았으나
어디선가 끝없이 의문을 불러일으키는 어떤 것의 힘으로 세
상을 바꾼다. 가르치면서 배우기도 하는 사람의 소박한 언

어로, 모든 것을 다 안다고 자부하는 사람들의 근대주의를 넘어서려는 것이 필경 시인으로서 윤희상의 바람일 것이다.

모범적인 산문시 「의체공학교실」은 공상과학 서사의 시적 형식이다. "거미가 되고 싶은, 하지만 아직 거미가 되지 못한 사람", 즉 거미줄을 연구하여 그것을 만들려는 사람의 말을 전한다. 거미줄은 우리가 알고 있는 것보다 훨씬 더 복잡하고 정교하여, 그것을 재현한다면 여러 가지 용도로 사용할 수 있지만 그 일은 "신 몰래 신에게 도전하는 일이다". 원시인들에게는 곰이나 호랑이처럼 인간의 힘을 넘어서는 존재가 토템으로 받들어졌듯이 거미는 거미줄 연구자의 신이 된다. 토템을 모시는 자들이 저 자신을 토템과 동일시하였던 것을 생각하면, "어느 날 누가 연구실의 문을 열었다가 말을 하는 큰 거미를 보더라도 놀랄 일이 아니다". 그가 거미줄을 재현하기에 성공했을 때 그는 말을 하는 인간이면서 동시에 거미가 되어 있을 것이다. 그러나 그가 신의 능력을 전유하였을 때, 그 신이 "거미줄의 가는 떨림을 붙잡고 먹잇감을 찾듯이" 인간인 그 자신도 "놓친 사랑도 포획할 수 있을까", 다시 말해서 인간의 인간성에 단 한 걸음이라도 진보를 기약할 수 있을까. 이 질문 앞에서 원시의 수렵인과 과학자의 차이는 사라진다. 윤희상에게서는 그 평이한 언어 자체가 문명 비판의 가치를 지닌다.

시인은 인간의 문명에 대한 비관적 전망을 자신의 죽음에 대한 강박증과 함께 이야기하기도 한다. 시 「가을 이후」에서 그는 왜곡된 자연과 자신의 운명을 겹쳐놓는다. "나무가 자연일 때" 나무는 인간의 선생이었지만, "개발 계획에 따라 이사를 자주 다닌 나무"는 어떤 지혜도 전하지 않는다. 그는 이사를 자주 다닌 자신에게도 연륜이 쌓이지 않았다고 말하고 싶었을 것이다. 같은 문단에서 뒤이어지는 "지난봄에 양귀비꽃이 나비를 품안에 가두지 못했다"는 말은 기후의 변화와 다른 이유로 벌과 나비 들이 사라져가는 사실과 연관되겠지만 시인 개인의 정서적 이력과도 무관하지 않을 것이다. "자살하기 좋은 날을 놓쳤다"는 말이 뒤따르기 때문이다. 그는 어떤 우울한 도취 속에 목숨이 사위기를 바랐던가. 다음 두 연에서는 미묘한 진술 속에 "유언장"이라는 말을 끼워넣는다. 오래된 신분증에서 지워지거나 지워져 가는 사진과 기재사항들이 그의 부재를 예고하는 것은 아닌지 그는 생각해본다. 게다가 "주민등록증과 운전면허증 사이에 유언장"을 끼워넣어 두었지만, 은행나무의 은행이 또다른 나무의 씨앗이 되지 못하고, "예쁜 물총새"가 "흘러가는 구름에서 어떤 얼굴도 찾지" 않고 "도시에 와서" 죽게 된 것처럼, 그는 유언장조차 읽어줄 사람이 없는 외로운 처지이다. 그는 찾아야 할 얼굴이 없다. 그는 육체가 멸한 뒤에 마음조차 남지 않을 완전한 종말에 대해 생각한다. 그의 현재는 "가을 이후다". 그러나 그는 또한 자신이 이 문명의 "가을 이후"에 서 있음을 안다. 사람들은 문명의 운명과 자신의 운명을 걱정하지만, 문명을 걱정할 때는 문명만을 생각하고, 자신을 걱정할 때는 자신만을 생각한다. 사람들은 문명에 관해서 모르는 것이 없고, 자신의 운명에 관해서 더이상 알 것이 없다. 문명의 운명과 자신의 운명을 함께 연결시킬 수 없게 하는 것이 이 문명의 비극이기도 하다.

모든 것이 빤하게 그 내장을 드러낸 이 세계에서 시인으로서 윤희상이 희망을 걸어야 할 것은 모르는 것들이며 어둠이다. 앞에서 「돌, 혹은 두꺼비」를 말하며, 두 물질의 차이는 생명의 유무일 뿐이라고 말했다. 하지만 생명은 우리가 알지 못하는 것을 얼마나 가득 안고 있는가. 하나 또한 생명이 없는 돌 속에서 우리가 아는 것이 무엇인가. 사물과 존재들은 우리가 아는 것으로가 아니라 모르는 것으로 서로 통한다. 시 「비밀」은 그 비밀에 관해서 말한다. 시인은 그늘을 따라가다보니 "우연히 숲으로" 들어갔다. 깊은 숲이다. "나무와 어둠이 합쳐지"니 이미 나무는 없다. "나와 어둠이 합쳐"지니 나 또한 없다.

　그러니, 지금 하는 말은 내가 하는 말이 아닙니다
　어둠이 하는 말입니다
　아무도 본 사람이 없습니다

"어둠이 하는 말"은 한 인간적 주체의 의도와 지식을 넘어선다. 그것뿐만이 아니다. 아무도 본 사람이 없다는 것은 그 말이 의도와 지식을 넘어설 뿐만 아니라 다시 그 의도와 지식으로 환원되지 않는다는 뜻을 포함한다. 시인은 마침내 "밤하늘의 작은 별과 어둠이 합쳐지는 것을" 보았지만 아직까지 그 사실을 발설하지 않은 당연한 일이다. 누설된 비밀은 환원의 운명을 피할 수 없으며, 어둠은 더이상 어둠일 수 없다. 어둠이 허약하여 변질되기 쉽기 때문이 아니라 인간의 빛이 천박하여 어둠 속에 있는 것을 없는 것으로 믿어버리게 하기 때문이다.

> 우리는 서로 모르는 것이 아니라,
> 서로 알고 있습니다
> 그래서, 말할 수 없는 것이 아니라
> 말하지 않는 것입니다
> 이것은 비밀입니다

진정으로 아는 자들은 어둠이 대신해서 말하게 하는 자들이다. 그 앎은 어둠 속의 앎이기에 불투명하며, 그래서 끝이 없다. 이 아이러니의 한쪽에는 알기에 말하지 않는 자들이 있고 다른 한쪽에는 말해주는 사람이 없기에 그런 것은 없다고 장담하는 자들이 있다.

이 시집에는 시인의 가족사와 관계된 시가 세 편 들어 있고, 그 가운데 둘은 시인의 어머니에 관해 말한다. 「일본 여자가 사는 집」은 원래 일본 여자였지만 "조선 남자를 사랑"하여 한국에 살며, 간호사로 쌓은 의술을 이용하여 "무면허 안과 의사"로 많은 사람들을 치료하고, "동네에서 태어나는 아기들을" 무료로 받아주기도 했던 여자의 일대기다. 그 일본 여자가 시인의 어머니였다. 아픈 사람들은 "일본 여자가 사는 집"을 찾았고, 시인은 물론 그 일본 여자의 집에서 살았다. 이 일본 여자의 아들이 쓰는 뒷이야기, 그러나 매우 중요한 이야기를 「역사는 흐른다」에서 읽게 된다. 시인은 자기 집안 내력의 한 부분을 약술한다. 그의 "12대조 할아버지 윤의는 임진왜란 때 여러 싸움에" 나섰으며 "진주성 2차 싸움 때도 고향 나주에서 의병을 모아 이끌고 가서 일본 침략자들과" 싸우다 전사했다. 의병장 김천일과 논개가 죽었던 전투다. 한편 "고향 나주에서 할아버지의 죽음을 전해 들은 수성 최씨 할머니는 영산강에 몸을 던져 숨졌다". 그 "할아버지와 할머니의 후손인" 시인은 또한 일본 여자의 아들이다. 그 일본 여자의 아들이 "할아버지의 목판본 행장기를 인쇄판 행장기로 다시 묶었다". 다른 설명이 필요 없겠으나, 시인의 조국은 한국이나 일본이 아니라 하나의 의가 실현되는 곳에 있다는 것, 그리고 '흐르는 역사'를 투명한—어둠을 모르는 뻔한—언어로는 점칠 수도 기술할 수도 없다는 것을 덧붙여둘 필요가 있겠다.

윤희상의 시에 쓰는 평이한 언어는 투명한 언어가 아니다. 그의 시에서는 항상 타자들의 낯선 얼굴이 겸손하면서도 용기를 모아 눈을 들어올린다. 소박한 외양을 지닌 그의 시는 고심참담해서 쓴 복잡한 시들이 미처 다하지 못한 말을 그 뿌리에서 다시 시작하려 한다. 그 점에서 그의 소박한 언어는 모험의 언어이며, 율조가 잔잔한 그의 시는 실험시의 가치를 지닌다.

윤희상 1961년 영산강이 내려다보이는 전남 나주시 영산포 조선시대 제민창 터에서 태어났다. 광주에서 청소년 시절을 보냈다. 서울예술대학교 문예창작과를 졸업했다. 1989년 『세계의문학』에 「무거운 새의 발자국」 외 2편의 시를 발표하며 작품활동을 시작했다. 줄곧 편집자로, 편집회사 대표로 오래 일했다. 시집 『고인돌과 함께 놀았다』 『소를 웃긴 꽃』이 있다.

문학동네시인선 057

이미, 서로 알고 있었던 것처럼

ⓒ 윤희상 2014

1판 1쇄 2014년 6월 30일

1판 5쇄 2020년 10월 5일

지은이 | 윤희상

펴낸이 | 염현숙

책임편집 | 이경록

편집 | 유성원

디자인 | 수류산방(樹流山房) 본문 디자인 | 유현아

마케팅 | 정민호 박보람 우상욱 안남영

홍보 | 김희숙 김상만 지문희 김현지

제작 | 강신은 김동욱 임현식

제작처 | 영신사

펴낸곳 | (주)문학동네

출판등록 | 1993년 10월 22일 제406-2003-000045호

주소 | 10881 경기도 파주시 회동길 210

전자우편 | editor@munhak.com

대표전화 | 031) 955-8888 팩스 | 031) 955-8855

문의전화 | 031) 955-3576(마케팅), 031) 955-2678(편집)

문학동네카페 | http://cafe.naver.com/mhdn

북클럽문학동네 | http://bookclubmunhak.com

ISBN 978-89-546-2507-4 03810

* 이 책의 판권은 지은이와 문학동네에 있습니다. 이 책 내용의 전부 또는 일부를 재사용
하려면 반드시 양측의 서면 동의를 받아야 합니다.

* 이 도서의 국립중앙도서관 출판예정도서목록(CIP)은 서지정보유통지원시스템 홈페이
지(http://seoji.nl.go.kr)와 국가자료종합목록 구축시스템(http://kolis-net.nl.go.kr)
에서 이용하실 수 있습니다.(CIP 제어번호 : CIP2014017211)

잘못된 책은 구입하신 서점에서 교환해드립니다.

기타 교환 문의: 031) 955-2661, 3580

www.munhak.com

문학동네